这本《自然故事》属于:

献给普利茅斯海德公园幼儿园的工作人员和学生们
——尼古拉·戴维斯

献给安娜，她让我欣赏到事物的美丽
——萨尔瓦托雷·鲁比诺

图书在版编目（CIP）数据

鸭子邻居 /（英）尼古拉·戴维斯文；（英）萨尔瓦托雷·鲁比诺图；王春，刘泰宁译. -- 杭州：浙江教育出版社，2020.9（2022.11重印）
（自然故事. 第2辑）
ISBN 978-7-5722-0478-4

Ⅰ. ①鸭… Ⅱ. ①尼… ②萨… ③王… ④刘… Ⅲ. ①儿童故事－图画故事－英国－现代 Ⅳ. ①I561.85

中国版本图书馆CIP数据核字(2020)第120739号

引进版图书合同登记号 浙江省版权局图字：11-2020-241

Text © 2012 Nicola Davies
Illustrations © 2012 Salvatore Rubbino
Published by arrangement with Walker Books Limited, London SE11 5HJ
All rights reserved. No part of this book may be reproduced, transmitted, broadcast or stored in an information retrieval system in any form or by any means, graphic, electronic or mechanical, including photocopying, taping and recording, without prior written permission from the publisher.
Simplified Chinese translation edition is published by Ginkgo (Beijing) Book Co., Ltd.
本书中文简体版权归属于银杏树下（北京）图书有限责任公司

# 鸭子邻居

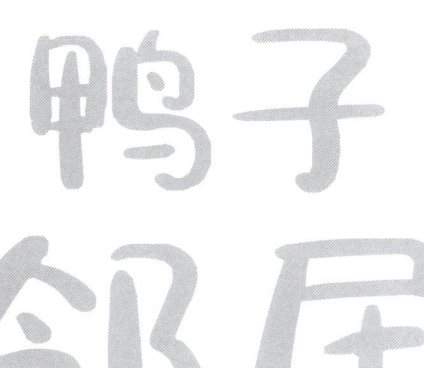

[英]尼古拉·戴维斯 文
[英]萨尔瓦托雷·鲁比诺 图
王春 刘泰宁 译

浙江教育出版社·杭州

嘎、嘎——嘎、嘎、嘎。

这就是我每天清晨听到的第一首乐曲。

开始时，声音绵长又高昂；

结束时，则急促又低沉。

嘎、嘎——嘎、嘎、嘎。

我拉开卧室的窗帘。

谁会发出那么大的噪声？

鸭子,就是鸭子!
一条小河流经小镇,
鸭子沿着小河向下游去。

公鸭嘎嘎叫,
但声音很低。
人们只有离得很近才能听到
它们的叫声。

母鸭嘎嘎叫的声音特别响亮,
它是在招呼其他鸭子
加入它们的行列呢。

起初，只有两三只鸭子在叫。
但当我穿好衣服的时候，
又有很多鸭子加入了它们的行列。
阳光下，它们在河里整理着自己的羽毛，
溅起水花。
嘎——嘎！

我吃早餐的速度很快，
而鸭子们吃早餐的时间要长得多！

鸭子们在整理羽毛时，会从尾巴下方的一小块地方（此处有油脂腺，可分泌油脂）开始，将全身的羽毛都涂满油脂。这使得它们的羽毛闪闪发亮，还能起到防水的作用。

当我过桥去上学时,它们还在吃东西呢。

我往桥下看去,
它们正游来游去,
在河面戏水……

"戏水",其实是鸭子们用嘴在水面啃咬,以获取极小的食物——小昆虫或种子。

还把头扎进水里倒立着,
这样才够得着吃水下的食物。
哦——那看起来
好冷啊!

"倒立"是指鸭子将头扎到水下吃水生植物或动物,如蜗牛等。

下午放学回家的路上,
我们又看到了鸭子!
天气非常冷,
而它们还是那么饥饿。

天气变冷时,鸭子要比平时吃更多食物。
在一些地方,遇到严寒天气,
人们会给鸭子喂面包。

这种天气恶劣的日子,
鸭子没法仅靠吃面包活下去,
但面包可以帮助它们饱腹。

我来到水边。
虽然鸭子是野生禽类，
但它们还是靠近了我，
看看我会不会给它们点儿食物！

它们都是绿头鸭。雌性绿头鸭，身上呈棕色和浅棕色，有斑纹。

当母鸭孵蛋时，身上这种不显眼的颜色可以帮助它躲避危险。

雄性绿头鸭的绿色脑袋
泛着金属光泽,
白色的领环相当整洁,
尾羽有可爱的小小的卷曲。

母鸭和公鸭的每只翅膀上
都有一块隐秘的蓝色区域,
只有当它们伸展翅膀
或者飞行时才能看到。

公鸭不孵蛋,
所以它们不需要有
保护色。

我很喜欢看这一幕：公鸭向母鸭炫耀自己美丽的羽毛，费尽心思地来找女朋友。

有时，公鸭会变得非常兴奋，成群结队地追逐一只母鸭，它们可能大动干戈，打起架来。

从秋天到冬天,公鸭一直在努力寻找伴侣。
因为到了春天,母鸭身体做好了准备,
要产蛋了。

春天时节，在放学回家的路上，我看到的鸭子数量明显减少。

那是因为它们都在忙着筑窝呢！

将近一个月的时间里，母鸭都在孵蛋。

它们会找个地方躲起来，

有时会躲在一些稀奇古怪的地方。

野鸭把窝搭在地上，一次会产8~13枚蛋。

捕食者喜欢吃鸭蛋和小鸭，所以母鸭会很小心地把窝隐藏起来。

去年，有一只野鸭竟然在我们的花房里筑了窝。

当小鸭破壳而出时……

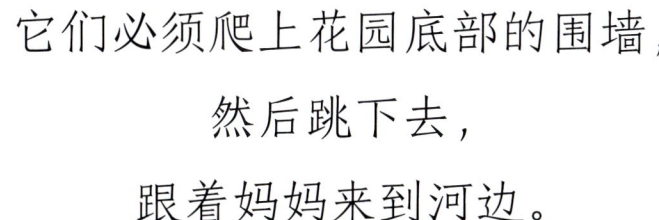

它们必须爬上花园底部的围墙，
然后跳下去，
跟着妈妈来到河边。

小鸭刚从壳里出来，
鸭妈妈就会让它们下水。
无论如何，水里还是安全些，
因为在那儿可以远离猫和其他捕食者。

现在天黑了，
桥上的路灯亮了，
全镇的人都陆陆续续回家了。
这时候，鸭子们也得找一个安全的地方过夜。

一些鸭子就睡在桥下。

夜晚
鸭子们没法在黑暗中找到食物
所以它们一般会睡觉
但是，它们必须找一
能避开捕食者的地方来休息

一些鸭子会飞到芦苇丛里栖息。
一些鸭子会浮在水面上并把脑袋藏进翅膀里……

有一些鸭子,根本就不睡觉!

我知道这点,是因为有一晚我们在唱诗班练习时,

如果有食物吃，又有月光或路灯照明，
鸭子们有时也会熬夜！
尤其是晚上虫子从洞里出来的时候。

听到窗外有嘎嘎声轻轻地响起。黑暗中，鸭子们在草坪上吃虫子呢！嘎、嘎——嘎、嘎、嘎。

当我拉上窗帘、遮住寒星时，
鸭子们已经消失得无影无踪。
夜晚静悄悄，桥默然矗立，
只有潺潺的水流声响起。

但是到了早晨，它们就会在那儿……

鸭子,就是鸭子!
一条小河流经小镇,
鸭子沿着小河向下游去。

## 索引

捕食者 ............18—20
吃东西 ............10、23
翅膀 ............15、21
倒立 ............11
公鸭 ............7、15—17
尾巴 ............9、15
戏水 ............10
小鸭 ............18—19
鸭蛋 ............14—15、17
游泳 ............10
羽毛 ............8—9、16
整理羽毛 ............9
筑窝 ............18
嘴巴 ............10

通过索引表，
你可以查找、发现鸭子的相关知识。
文中有两种字体，**这种**和这种，
都要记得阅读哦！

## 许多鸭子

这本书里所讲的鸭子是绿头鸭，
分布在欧洲、美洲、亚洲，大洋洲的澳大利亚和新西兰。
地球上有 120 多种鸭子，它们生活在各种水域里，
包括急流、沼泽、湖泊和公海，而绿头鸭只是其中的一种。
虽然这些不同种类的鸭子颜色不同，生活方式各异，
但它们身体和嘴巴的形状都比较相似，
所以我们知道它们——就是鸭子！

## 文　尼古拉·戴维斯

英国获奖童书作家、动物学家，
曾在英国国家广播公司的自然节目组工作。
自 1997 年以来，已有 30 余部作品问世，
如《神秘的小海龟》《不一样的鲨鱼》《大蓝鲸》
《喜爱夜晚的蝙蝠》等。

## 图　萨尔瓦托雷·鲁比诺

毕业于伦敦皇家艺术学院，
他的第一本连载图画书《漫步纽约》入围了
维多利亚和阿尔伯特博物馆插画奖。
之后相继出版《漫步伦敦》《漫步巴黎》。萨尔瓦托雷住在伦敦。

# 写给家长

与孩子们分享书籍是帮助他们学习的最好方法之一，也是他们学习阅读的最佳方式之一。《自然故事》是一套自然知识绘本，插图精美，屡获奖项。这套书重点描绘动物，对孩子们有非常强烈的吸引力。孩子们可以反复地阅读和体会这套绘本，或许可激发对一个主题的兴趣，进而深入思考和探索，发现更多知识。

每本书都是对现实世界的一次历险，既丰富了孩子们的阅历，又培养了他们的好奇心和理解能力——这是最好的学习方式。

## 《自然故事》（共三辑，二十四册）